O médico e o monstro

Robert Louis Stevenson

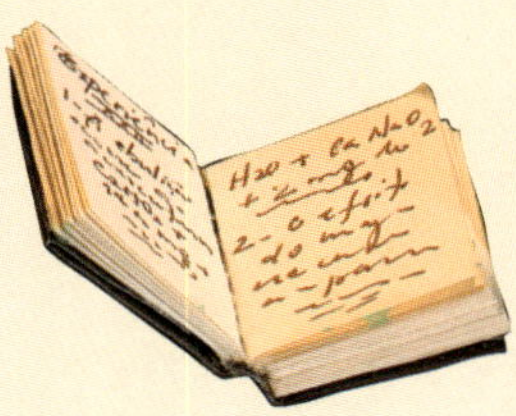

adaptação de João Anzanello Carrascoza
ilustrações de Alice Reiko Haga

editora scipione

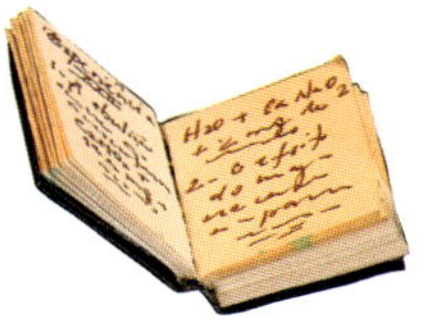

Gerência editorial
Sâmia Rios

Responsabilidade editorial
Mauro Aristides

Edição de texto
José Paulo Brait

Revisão
Claudia Virgilio
Rosalina Siqueira
Nair Hitomi Kayo

Coordenação de arte
Maria do Céu Pires Passuello

Programação visual de capa e miolo
Aída Cassiano

Elaboração do encarte
Thais Bernardes Nogueira

editora scipione

Avenida das Nações Unidas, 7221
CEP 05425-902 – São Paulo, SP

ATENDIMENTO AO CLIENTE
Tel.: 4003-3061

www.scipione.com.br
e-mail: atendimento@scipione.com.br

2021

ISBN 978-85-262-8122-6 – AL

ISBN 978-85-262-8123-3 – PR

Cód. do livro CL: 737706

CAE: 262156

2.ª EDIÇÃO
3.ª impressão

Impressão e acabamento
A.R. Fernandez

Dados Internacionais de Catalogação na Publicação (CIP)
(Câmara Brasileira do Livro, SP, Brasil)

Anzanello Carrascoza, João

O médico e o monstro / Robert Louis Stevenson; adaptação de João Anzanello Carrascoza; ilustrações de Alice Reiko Haga. – São Paulo: Scipione, 2003. (Série Reencontro infantil)

1. Literatura infantojuvenil I. Stevenson, Robert Louis, 1850-1894. II. Haga, Alice Reiko. III. Título. IV. Série.

03-1043 CDD-028.5

Índices para catálogo sistemático:
1. Literatura infantil 028.5
2. Literatura infantojuvenil 028.5

Sumário

A porta

Numa tarde de domingo do fim do século dezenove, o senhor Utterson, advogado, e seu primo, o senhor Richard Enfield, davam seu passeio costumeiro pela cidade de Londres.Os dois caminhavam distraídos por uma pequena rua comercial que, durante a semana, era muito movimentada, mas naquele dia estava calma, sem vendedores e clientes.

Os proprietários investiam na beleza de suas lojas, por isso as vitrines conservavam um ar convidativo mesmo aos domingos. As portas com a pintura nova, o brilho das placas e a limpeza do lugar atraíam imediatamente a atenção de quem passasse por ali.

No entanto, perto de uma esquina, havia uma estranha construção que destoava completamente dessas lojas elegantes. Era uma casa sinistra, sem nenhuma janela, as grades enferrujadas, as paredes desbotadas, a fachada inteira apresentando marcas de um descaso antigo. À beira de sua porta carcomida, dormiam uns mendigos e, nos degraus de acesso, brincavam umas crianças.

Quando os dois homens se aproximaram, Enfield ergueu a bengala e apontou a casa.

– Está vendo aquela porta? Ela me lembra um caso muito esquisito.

– É mesmo? – disse Utterson. – Que caso?

– Bem, foi no inverno – começou Enfield. – Fazia muito frio, e eu voltava sozinho para casa. Eram três horas de uma escura madrugada.

"Todos dormiam, e as ruas estavam vazias. Não dava para distinguir nada, só os lampiões acesos, um atrás do outro, como numa procissão. Eu andava a passos rápidos, assustado com qualquer ruído.

"De repente, quando cheguei aqui perto, vi surgirem dois vultos: um homenzinho, que caminhava rapidamente em sentido contrário ao meu, e uma garotinha de uns oito ou dez anos, que corria a toda por uma rua transversal, em busca de um médico a pedido da família, como eu soube depois.

"Na esquina, os dois se chocaram. E, então, veio o mais grave: a menina, caída, tentava se levantar, mas o homenzinho derrubou-a de novo, pisoteou-a com furor, como um louco, e depois se afastou tranquilamente.

"Aquilo não era gente, mas um ser demoníaco. Corri em sua direção e consegui agarrá-lo. Ele não ofereceu resistência, mas me olhou de uma forma tão assustadora que me fez suar frio.

"Levei-o até o grupo de pessoas que, a essa altura, havia se formado ao redor da menina. Eram seus familiares e o médico que ela ia chamar. Depois de examiná-la, ele nos assegurou que a pobrezinha não estava tão ferida, o pior mesmo tinha sido o susto."

– Mas não foi só isso – continuou Enfield, caminhando ao lado de Utterson. – Aconteceu outra coisa estranha. Eu senti aversão à primeira vista pelo sujeito e ódio pelo que ele havia feito. Sombrio, cercado por todos nós que o ameaçávamos, o homenzinho, ainda assim, nos encarava com um olhar diabólico.

"– É melhor evitar transtornos – falou ele. – Quanto querem?

"Exigimos uma indenização de cem libras para a família da menina. Ele concordou, e o passo seguinte era buscar o dinheiro. Então, aonde nos levou? Exatamente aqui, diante dessa porta! Tirou a chave do bolso, entrou e voltou com dez libras em ouro e o restante num cheque assinado por outra pessoa. Aliás, alguém muito conhecido, que não posso revelar..."

Enfield concluiu:

– É realmente uma história macabra.

– E a pessoa que assinou o cheque mora nessa casa? – perguntou Utterson.

– Não. Mora em outro lugar.

– Então, essa casa é do tal homenzinho? – quis saber o advogado.

– Não sei – respondeu Enfield. – Ele tinha a chave. Mas lembro que, enquanto esperava diante da porta, aproveitei para dar uma olhada num corredor, à esquerda da casa. Não parecia abandonada, como quando a observamos de frente. Daquele lado, no andar de cima, há três janelas, e as vidraças estavam limpas. Uma chaminé fumegava normalmente. Era possível, sim, que alguém vivesse ali.

Os dois amigos continuaram andando, em silêncio, até que Utterson perguntou:

– E quem era esse estranho homem que agrediu a menina?

– Um tal de Hyde.

– Hum... E como ele era?

– Uma pessoa repulsiva – respondeu Enfield. – Não consigo definir bem seus traços, mas havia algo de errado com ele, que provocava aversão imediata.

– Você disse que o cheque não estava assinado por ele... – comentou o advogado, pensativo. – Acho que sei quem o assinou, porque aquela é a porta dos fundos da casa de um amigo meu.

– Ora, você devia ter me avisado – disse Enfield, constrangido. – Acho que falei demais. Vamos fazer um trato: não tocamos mais nesse assunto e pronto.

– Tudo bem – falou o advogado. E apertou a mão do primo.

Procurando o senhor Hyde

Quando chegou em casa, depois do passeio, Utterson estava intrigado com aquela história. Em vez de ler ao pé da lareira, após o jantar, como apreciava fazer nas noites de domingo, foi ao seu gabinete de trabalho, abriu o cofre e de lá retirou o testamento de seu amigo doutor Jekyll.

O documento, escrito pelo próprio Henry Jekyll, um médico muito respeitado na cidade, determinava que, em caso de sua morte ou desaparecimento inexplicável por mais de três meses, todos os seus bens fossem destinados ao seu benfeitor Edward Hyde.

Fazia muito tempo que Utterson se incomodava com esse testamento. Julgava uma loucura que seu cliente deixasse sua considerável fortuna para um desconhecido. E, depois da conversa com seu primo, queria descobrir quem era o senhor Hyde.

Por que o doutor Jekyll havia nomeado como seu herdeiro esse homem perigoso e ainda o chamava de benfeitor? E por que Hyde tinha a chave da porta dos fundos da casa de Jekyll? Era estranho demais.

Inquieto, Utterson decidiu ir à casa do amigo doutor Lanyon, que conhecia bem Henry Jekyll e talvez soubesse de algo.

Lá chegando, o mordomo o conduziu à sala de jantar, onde seu patrão, sozinho, saboreava uma taça de vinho. Elegante e educado, forte e saudável, Lanyon recebeu o advogado com sua costumeira cordialidade. Haviam sido colegas de escola e de universidade e gostavam um do outro.

Depois de conversarem um pouco, Utterson entrou no assunto que o havia trazido ali e que tanto o preocupava:

– Somos os amigos mais velhos de Henry Jekyll, não é?

– Sem dúvida – respondeu Lanyon. – Mas não o tenho visto muito, ultimamente.

– Achei que tivessem interesses comuns, pois são médicos.

– Tivemos – suspirou Lanyon. E, assumindo um tom sério: – Isso já faz mais de dez anos. Ele anda defendendo umas teorias fantasiosas demais, e acabamos nos desentendendo.

– Você conhece um protegido dele, um tal de Hyde?

– Hyde? – repetiu o médico. – Não, nunca ouvi falar.

Essa informação foi tudo o que Utterson levou consigo para a cama. Tentou dormir, mas se revirou a noite inteira, atormentado com o vulto daquele homem que perseguia a menina e a pisoteava, insensível a seus gritos de dor. Imaginava-o entrando na mansão do doutor Jekyll, obrigando-o a despertar e a cumprir suas ordens, como se tivesse poder sobre ele. E via essa criatura perversa, sem rosto, esgueirar-se pela fachada das casas adormecidas, esmagando diabolicamente outras crianças.

Pela manhã, quando se levantou, ardia de curiosidade por conhecer o senhor Hyde. Se pudesse vê-lo, uma única vez, era provável que conseguisse esclarecer o mistério e descobrir por que seu amigo doutor Jekyll tinha preferência (ou era dominado?) por um homem tão estranho e ainda o havia nomeado seu herdeiro. Queria ver o rosto desse sujeito, capaz de causar aversão e ódio à primeira vista, como dizia Enfield.

A partir de então, Utterson passou a vigiar a porta daquela ruazinha de lojas, à espera de Hyde. Passava por lá de manhã, voltava ao meio-dia e novamente à noite, quando o denso nevoeiro encobria a lua.

Finalmente, sua persistência foi recompensada. Era uma noite gélida. A luz dos lampiões desenhava no chão um emaranhado de sombras. Perto das dez horas, as lojas já fechadas, a rua deserta e silenciosa, o advogado ouviu passos leves antes mesmo de ver quem dobrava a esquina e se aproximava.

Escondeu-se à entrada da casa e, quieto, ficou espiando o tipo de pessoa que teria de enfrentar. O homem era baixinho, com roupas comuns e uma aparência desagradável. Tirou a chave do bolso e, quando ia abrir a porta, Utterson saiu do esconderijo e tocou em seu ombro:

– Senhor Hyde?

O homem se encolheu, assustado, mas logo superou o medo e, sem encarar o outro, respondeu, com voz rouca:

– Sim. O que o senhor deseja?

– Vejo que vai entrar – disse o advogado. – Sou Utterson, um velho amigo do doutor Jekyll. Já deve ter ouvido falar de mim. Posso entrar também?

– O doutor Jekyll não está em casa – retrucou Hyde, muito pálido. – Como o senhor me conhece?

Antes de responder, o advogado tentou ver o rosto do outro, que hesitou um momento e, afinal, encarou-o, desafiante:

– Foi bom termos nos encontrado – disse Hyde. E deu-lhe o número de uma rua, no decadente bairro do Soho. – O senhor poderá precisar.

"Ele deve saber do testamento", pensou Utterson, bastante alarmado.

– Como o senhor me conhece? – Hyde repetiu a pergunta.

– Pela descrição que me deram. Temos amigos comuns, como o doutor Jekyll.

– Ele nunca lhe falaria de mim – disse o homenzinho, com raiva. – O senhor é um mentiroso. – E, soltando uma gargalhada histérica, abriu a porta e rapidamente entrou na casa.

O advogado ficou ali, imóvel. Por fim, tinha visto o rosto de Hyde. Era de uma feiura impressionante. Não parecia um ser humano, tinha o jeito do demônio.

Perturbado com essa visão, Utterson dobrou a esquina e caminhou alguns metros até chegar à casa de Jekyll. Bateu à porta e foi atendido pelo mordomo, a quem perguntou sobre o médico.

– Vou verificar se ele está – respondeu o empregado. – Entre, por favor. – E o conduziu à pequena e confortável sala, onde o fogo queimava na lareira.

Apesar do lugar acolhedor, o advogado sentiu calafrios. A face horrível de Hyde não lhe saía da memória; os reflexos das chamas e as sombras projetadas nas paredes o ameaçavam terrivelmente. Ficou aliviado quando o mordomo retornou e informou que o doutor Jekyll não estava.

Utterson comentou, então, que tinha visto um homem, um tal de Hyde, entrar pela porta dos fundos da casa.

O mordomo esclareceu-lhe que não havia problema, que o doutor Jekyll confiava demais no senhor Hyde e que todos os criados da casa tinham ordens para obedecer-lhe.

O advogado despediu-se e rumou para casa, aflito. O médico certamente estava em apuros. Devia guardar algum segredo horrível, ainda que insignificante, se comparado aos sombrios mistérios de Hyde, a julgar pelo seu aspecto. Se aquele homem hediondo soubesse do testamento do doutor Jekyll, ficaria ansioso para pôr a mão na herança. Utterson precisava ajudar seu amigo.

A tranquilidade do doutor Jekyll

Dias depois, Jekyll deu um jantar para alguns convidados, entre eles Utterson. O advogado esperou que todos fossem embora para conversar com o médico. Sentaram-se junto à lareira.

– Jekyll, eu queria falar sobre o seu testamento.

– Não há motivos para você se preocupar, Utterson – respondeu o médico, com bom humor. – Nem para o nosso amigo Lanyon, que vem criticando as minhas experiências científicas. Estou decepcionado com ele.

– Sabe que não aprovo aquele documento – disse Utterson, sem ligar para a observação.

– Sei – respondeu o doutor Jekyll, um tanto ríspido. – Você já me disse.

– E estou mais convencido ainda a desaprová-lo – continuou o advogado. – Eu soube coisas abomináveis sobre esse jovem Hyde, seu protegido.

Jekyll empalideceu, seus lábios perderam a cor, uma sombra passou por seus olhos.

– Não quero mais falar disso. Estou numa situação delicada e, mesmo se eu lhe contasse o porquê, nada adiantaria.

– Você pode confiar em mim – disse Utterson. – Vamos, desabafe. Sei que posso ajudá-lo.

– É muita bondade sua – tornou o médico. – Não tenho como lhe agradecer. Confio sinceramente em você, mas não é nada do que imagina. Posso me livrar do senhor Hyde quando quiser. Dou-lhe a minha palavra. É melhor esquecer isso tudo.

O advogado permaneceu em silêncio, contemplando o fogo.

– Respeito suas razões – murmurou, por fim, e se levantou.

– Muito bem – continuou o doutor Jekyll. – Eu gostaria que entendesse o carinho que sinto pelo pobre Hyde. Ele me contou que se encontraram, e receio que tenha agido de forma rude com você. Mas vou lhe fazer um pedido: se eu desaparecer de repente, prometa-me que assegurará os direitos dele.

Apesar da repulsa que sentia pelo homenzinho, Utterson suspirou profundamente e respondeu:

– Prometo.

O assassinato do senhor Carew

Quase um ano depois, Londres foi abalada por um crime hediondo. Uma criada, que morava sozinha numa casa perto do rio, testemunhou tudo. Por volta das onze da noite, ela observava de sua janela o céu claro, onde a lua cheia cintilava, quando viu um senhor idoso vindo pela rua. Na direção oposta, avistou um sujeito baixinho e o reconheceu: era Hyde, que tinha visitado seu patrão uma vez e lhe havia inspirado antipatia.

Ao se aproximarem, o homem mais velho fez uma reverência e parou para conversar. Hyde parecia ansioso e, de súbito, enfureceu-se, começou a bater os pés e a brandir a sua grossa bengala como um louco. O velho recuou, espantado. Então, Hyde perdeu totalmente o controle e derrubou-o com um golpe. E, tomado de fúria bestial, pisoteou-o, ao mesmo tempo que o espancava com a bengala. Dava até para ouvir os ossos se quebrando. Horrorizada, a moça desmaiou.

No bolso da vítima, a polícia encontrou uma carta endereçada ao senhor Utterson. Avisado do que havia acontecido, ele se dirigiu à delegacia para onde o corpo tinha sido levado. Lá, reconheceu o homem assassinado: era um de seus clientes, senhor Carew, um eminente político.

– Talvez o senhor possa nos ajudar a pegar o agressor – disse o inspetor. E relatou rapidamente o que a jovem havia presenciado.

Utterson tremeu ao ouvir o nome de Hyde. E, quando viu o pedaço da bengala recolhida pela polícia no local do crime, não teve mais dúvidas: apesar de quebrada, era a mesma com que ele tinha presenteado, anos atrás, o doutor Jekyll.

– Acho que posso conduzi-lo à casa desse monstro – disse o advogado.

Seguiram sem demora para o Soho. Eram nove horas da manhã, mas os lampiões permaneciam acesos, pois um denso nevoeiro cobria o bairro, tornando-o ainda mais sombrio, como num pesadelo. Pararam diante do endereço que Hyde havia dado a Utterson naquele único e desagradável encontro entre ambos. A neblina começou a se dissolver e revelou uma rua suja, cheia de crianças maltrapilhas amontoadas às portas das casas. Ali morava o favorito de Jekyll, que herdaria toda a sua fortuna.

Uma mulher de cabelos grisalhos e rosto descorado atendeu-os e confirmou ser aquela a casa de Hyde. Mas ele não estava, o que era normal, pois se ausentava constantemente. Aliás, fazia dois meses que ela não o via, até que tinha aparecido na noite anterior.

– Chegou bem tarde – informou ela. – E saiu daqui há menos de uma hora.

– Gostaríamos de dar uma olhada – pediu o advogado.

A mulher se negou. Porém, quando o inspetor se identificou, ela exclamou com uma expressão perversa: – Ah, ele está em apuros!

O inspetor e Utterson entraram. A casa tinha vários cômodos, mas Hyde só ocupava dois, mobiliados com inesperado bom gosto. Havia um certo luxo ali, nas garrafas de vinho, na baixela de

prata, nos cristais, nas cortinas, nos tapetes. E, na parede, coisa surpreendente num lugar daqueles, um belo quadro, que, para o advogado, devia ser um presente do doutor Jekyll, profundo conhecedor de pintura.

Entretanto, tudo tinha sido recentemente revirado. Viram roupas pelo chão, gavetas abertas e, na lareira, um monte de cinzas que pareciam restos de papéis queimados. Atrás da porta, confirmando as suspeitas, encontraram a outra metade da bengala com a qual Hyde havia matado o senhor Carew.

– É ele o nosso homem – disse o inspetor a Utterson. – Não vou deixá-lo escapar!

Uma carta suspeita

No fim dessa tarde, Utterson foi à casa de Jekyll. O mordomo o conduziu até o laboratório onde o médico se dedicava a experiências químicas, um lugar em que ele nunca havia entrado. Era uma ampla sala, com muitos armários, um grande espelho e uma escrivaninha. A lareira estava acesa. Sentado junto ao fogo, Jekyll parecia muito doente. Sem se erguer, estendeu a mão fria e cumprimentou o amigo com a voz esquisita.

– Já soube o que aconteceu? – perguntou Utterson, quando o mordomo se foi.

– Sim, ouvi gritarem pela rua – respondeu o doutor, estremecendo.

– O senhor Carew era meu cliente como você – disse o advogado. – Preciso ter certeza do que fazer. Você não seria louco de esconder aquele sujeito, não é?

– Claro que não! – garantiu Jekyll. – Nunca mais quero vê-lo, eu juro. Na verdade, ele não quer a minha ajuda. Você não o conhece como eu. E pode ter certeza: não ouvirá mais falar de Hyde.

– Assim espero – disse Utterson, inquieto. – Quando o crime for a julgamento, seu nome poderá aparecer.

– Não posso revelar as razões de minha certeza – continuou o médico. – Além do mais, recebi uma carta dele e não sei se a entrego à polícia. Deixo em suas mãos. Faça o que achar melhor.

A carta era assinada por Hyde, que se desculpava por agir de forma indigna e recomendava a Jekyll não se preocupar com ele.

O advogado leu a carta e perguntou pelo seu envelope. O médico respondeu que o havia queimado sem perceber. Não estava selada, tinha sido entregue em mãos.

– Bem, vou pensar – disse Utterson. – Mas, agora, me diga: foi Hyde que o obrigou a escrever aqueles termos do testamento?

Quase desmaiando, o médico confirmou com a cabeça.

Antes de sair, o advogado falou com o mordomo. Em busca de alguma pista, queria saber como era o mensageiro da carta. Mas o criado lhe garantiu que só tinha chegado correspondência pelo correio, nada mais.

Utterson voltou a ficar apreensivo. Um de seus clientes e amigos tinha sido assassinado, e outro podia ter a sua reputação manchada por um escândalo.

Já em casa, sentou-se à lareira, para beber vinho com seu auxiliar, o senhor Guest, em quem depositava total confiança. Ele era um estudioso de grafologia e talvez pudesse descobrir algo a partir da letra de Hyde.

– Que coisa horrível aconteceu a Carew! – disse o advogado.

– Realmente. O assassino deve ser um louco.

– Tenho um documento escrito por ele – disse Utterson. – Veja, dê-me a sua opinião.

Os olhos de Guest reluziram, e ele examinou a carta com paixão.

– Não, não é um louco... Mas a letra é bem esquisita.

Nisso, o criado de Utterson apareceu com uma correspondência. Era um bilhete de Jekyll, convidando-o para jantar.

– Acho que reconheci a letra – disse Guest. – Posso ver esse bilhete, senhor?

Colocou-o ao lado da carta de Hyde e, cuidadosamente, comparou-os, em silêncio.

– As letras são quase idênticas – confirmou. – A única diferença é que uma delas é mais inclinada.

– É muito estranho – comentou o advogado. E pediu que Guest não comentasse aquele assunto com ninguém.

Depois, quando ficou só, Utterson guardou a carta no cofre. "Será que meu amigo Henry Jekyll chegou ao ponto de falsificar um documento para proteger um assassino?", pensou. O sangue gelou em suas veias.

O doutor Lanyon em estado de choque

O tempo passou. O assassinato do senhor Carew foi tomado como ofensa pública. Recompensas foram oferecidas para quem fornecesse pistas que levassem ao paradeiro de Hyde. Muito se descobriu sobre o seu passado, sua crueldade, seu caráter violento, sua vida execrável. Mas, depois de abandonar sua casa no Soho, ele havia desaparecido completamente.

Livre de sua influência maléfica, o doutor Jekyll saiu do isolamento e reatou relações com os amigos, inclusive com Lanyon, o que agradou Utterson, também presente nos jantares que o médico voltou a oferecer. E, por mais de dois meses, Jekyll viveu alegre e em paz.

Contudo, quando o advogado foi visitá-lo um dia, como vinha fazendo com frequência, foi informado pelo mordomo que o patrão não se sentia bem. Voltou outras vezes e, ao receber a mesma resposta, ficou novamente preocupado.

Decidiu ir à casa de Lanyon expor sua apreensão e levou um susto ao rever seu velho amigo. Ele tinha a morte estampada no rosto. O homem, até pouco tempo saudável, estava pálido, havia emagrecido e perdido parte dos cabelos. E, o mais impressionante, sua expressão revelava um autêntico terror.

– Levei um choque, e acho que nunca mais vou me recuperar – disse-lhe Lanyon.

– Jekyll também está doente – observou Utterson. – Você o tem visto?

A fisionomia de Lanyon se alterou, ele ergueu a mão trêmula e gritou:

– Não quero mais ver nem saber do doutor Jekyll! Peço que não pronuncie mais o nome desse homem. Para mim, ele morreu.

– Será que não posso ajudar? – perguntou o advogado. – Somos amigos de longa data.

– Nada pode ser feito – retrucou Lanyon. – Pergunte a ele.

– Eu gostaria, mas ele não quer me receber.

– Isso não me surpreende. Depois que eu morrer, você talvez venha a saber de toda a história. Por ora, nada posso dizer.

Ao voltar para casa, Utterson resolveu escrever uma carta para Jekyll, reclamando de sua reclusão e perguntando o motivo do rompimento com Lanyon. No dia seguinte, recebeu uma resposta misteriosa:

Caro Utterson,

Não culpo nosso velho amigo Lanyon, mas concordo com ele que não devemos nos ver mais. Daqui em diante, pretendo viver em absoluta reclusão. Não se surpreenda, nem duvide de minha amizade, se minha porta se fechar até para você. Devo seguir meu caminho. Não posso revelar a razão de meu sofrimento. O melhor a fazer é respeitar meu silêncio.

Henry Jekyll

Utterson ficou atônito. Fazia tempo que a má influência de Hyde tinha sido afastada; o médico havia retomado suas antigas ocupações e amizades. E, de súbito, a paz de espírito lhe fugia novamente. Uma mudança, assim inesperada, podia ser sinal de loucura. No entanto, as palavras de Lanyon sugeriam algo ainda pior.

Uma semana depois, Lanyon caiu de cama e, em poucos dias, morreu. Deixou para Utterson um envelope confidencial, que ele abriu na mesma noite do enterro. Dentro havia outro envelope lacrado, no qual estava escrito: "Para ser aberto somente após a morte ou desaparecimento do doutor Henry Jekyll".

Outra vez a palavra "desaparecimento" surgia, como no testamento. O que significaria? O advogado, movido por uma grande curiosidade, sentiu-se tentado a desvendar o mistério. Mas não podia desrespeitar o último desejo de Lanyon – e guardou o envelope no cofre.

A partir daí, deixou de desejar tanto a companhia de Jekyll, embora continuasse a pensar nele com carinho e também temor. Chegou a visitá-lo algumas vezes, mas, como já esperava, não foi recebido, o que de certa forma o aliviou. E, aos poucos, desistiu de procurá-lo.

Pela janela

Tempos depois, num daqueles passeios costumeiros aos domingos, Utterson e seu primo Enfield deram outra vez na tal rua, onde pararam diante da porta.

– Pelo jeito, aquela história acabou – disse Enfield. – Não veremos mais o senhor Hyde.

– Espero – disse o advogado. – Já contei que eu o encontrei, uma vez, e também senti repulsa por ele?

– Qualquer pessoa sentiria – respondeu Enfield. – Aliás, descobri que essa porta dava para os fundos da casa do doutor Jekyll.

– Pois é – concordou Utterson. – Vamos até o pátio dar uma espiada nas janelas. Estou preocupado com o pobre Jekyll. Talvez a presença de um amigo, mesmo aqui de fora, faça bem a ele.

Por uma das janelas, Utterson avistou o médico sentado, com ar de infinita tristeza.

– Jekyll! Espero que esteja melhor.

– Estou muito fraco – respondeu o médico. – Fraco demais. Mas logo tudo vai acabar.

– Você vive trancado em casa. Precisa sair, movimentar-se, como eu e meu primo Enfield. Vamos, venha dar uma volta conosco!

– Eu gostaria muito, mas é impossível – disse o médico. – Já estou feliz em ver você, Utterson. Eu os convidaria a subir, se este fosse um lugar agradável.

– Podemos conversar daqui mesmo – insistiu o advogado, com vivacidade.

– Era justamente o que eu ia propor – concordou Jekyll, sorrindo.

No entanto, mal pronunciou essas palavras, o sorriso sumiu de seu rosto e foi substituído por uma expressão de terror e desespero, que assustou os dois, lá embaixo, no pátio. A janela se fechou. Utterson e o primo se afastaram, espantados, e atravessaram a rua, sem uma palavra.

A última noite

Uma noite, depois do jantar, Utterson recebeu a visita inesperada do mordomo do doutor Jekyll.

– Alguma coisa errada aconteceu naquela casa – disse o homem, com a fisionomia cheia de pavor. – Meu patrão está há dias trancado no laboratório. Estou com medo. Acho que houve um crime lá.

– Um crime? – surpreendeu-se o advogado. – Que crime?

– Venha comigo – implorou o mordomo, tremendo.

Utterson vestiu o sobretudo, pôs o chapéu e seguiu-o até a casa do médico.

A noite estava fria demais e escura. Nuvens encobriam a lua, que brilhava fracamente. O vento forte vergava as árvores e havia varrido as pessoas das ruas, deixando a cidade deserta, o que só aumentava o mau pressentimento de Utterson.

– Tomara que eu esteja enganado – suspirou o mordomo quando lá chegaram.

O *hall* se encontrava totalmente iluminado, o fogo crepitava na lareira, diante da qual todos os criados da casa se aglomeravam como um bando de carneiros assustados.

Com uma vela na mão, o mordomo conduziu o advogado até o laboratório de Jekyll e bateu na porta.

– O senhor Utterson está aqui, doutor, e quer vê-lo.

Uma voz rouca e esganiçada respondeu lá de dentro:

– Não quero ver ninguém!

– Pois não – disse o mordomo, e se afastou.

Seguiu em direção à cozinha, acompanhado por Utterson, a quem perguntou:

– O que o senhor achou da voz dele?

– Parece de outra pessoa – respondeu o advogado, trêmulo.

– Trabalho aqui há vinte anos e sei que não é a voz de meu patrão. Ele foi assassinado. Nós o ouvimos gritar e clamar por Deus. Alguém está lá no lugar dele...

– Não faz sentido – disse Utterson. – Se alguém matou o doutor Jekyll, por que permaneceria no local do crime? Não tem lógica.

– Será difícil convencê-lo, senhor, mas vou tentar. Durante toda esta semana, ele, ou a coisa que está lá dentro, tem pedido noite e dia um certo medicamento. Deixa-me vários bilhetes diariamente, com ordens para comprá-lo. Já fui a todos os fornecedores de produtos químicos da cidade. Sempre que consegui a tal substância, recebi recado para devolvê-la, por não ser pura, e buscá-la em outro lugar. Ele precisa demais dessa droga.

– Você chegou a vê-lo? – quis saber o advogado.

– Somente hoje, e por isso fui procurar o senhor – respondeu o mordomo. – Eu vinha do quintal e notei a porta do laboratório aberta. Ele remexia nuns caixotes, talvez à procura da droga. Assim que me viu, deu um grito, correu como um rato amedrontado e se trancou. Eu o vi num relance, mas foi o suficiente para me arrepiar os cabelos. Usava uma máscara. Se era mesmo meu patrão, por que esconderia o rosto?

– É bem estranho – disse Utterson. – Jekyll pode estar com uma dessas doenças que deformam a pessoa, o que explicaria a mudança de sua voz e a máscara. E talvez ele quisesse tanto esse remédio por acreditar que pode curá-lo.

– Aquela coisa não é o doutor. Ele é um homem alto, e o que vi não passava de um anão.

O advogado tentou protestar, mas o criado prosseguiu:

– São vinte anos de convivência, eu conheço meu patrão. Não, aquela criatura de máscara não é o doutor Jekyll. Para mim, ele foi assassinado.

– Se você acha isso mesmo, tenho de averiguar – disse Utterson. – Nem se for para arrombar a porta!

– Assim é que se fala! – exclamou o mordomo. – Vou pegar um machado, e o senhor pode ficar com esse ferro de atiçar brasas.

– Nossa situação é delicada – retomou o advogado. – Você chegou a reconhecer aquele homem de máscara?

– Ele ia depressa, todo encurvado. Se está pensando no senhor Hyde... Sim, acho que era ele. Aliás, ninguém mais tinha a chave do laboratório!

– É o que eu temia – suspirou Utterson. – Se você estiver certo, o pobre Jekyll pode ter sido mesmo assassinado, e o criminoso ainda está lá dentro. Pois vamos vingar essa morte!

Os dois saíram para o pátio imerso na escuridão. O vento ameaçava apagar a chama da vela, que não cessava de bruxulear. Já diante da porta, ouviram passos de lá para cá no laboratório.

– Ele anda assim dia e noite – sussurrou o mordomo. – Diga-me, esse é o andar do doutor?

Utterson admitiu que o andar do médico era pesado e decidido, bem diferente daquele.

– Jekyll! – gritou ele. – Preciso falar pessoalmente com você. E vou falar, por bem ou por mal. Com sua permissão ou à força!

– Pelo amor de Deus – respondeu a voz. – Tenha piedade!

– Não é a voz de Jekyll, mas de Hyde! – exclamou o advogado, estarrecido. – Vamos derrubar a porta!

O mordomo ergueu o machado e deu o primeiro golpe com tamanha força que estremeceu tudo. O grito de um animal apavorado soou lá dentro. Os golpes se sucederam até que a porta ruiu e pedaços de madeira caíram sobre o tapete.

Os dois homens, imóveis pelo silêncio que se fez, ficaram a espiar dali o laboratório. O fogo ardia na lareira, os papéis estavam arrumados na escrivaninha, a água fervia na chaleira. Não fossem os armários repletos de frascos de produtos químicos, seria mais uma sala tranquila de Londres.

Entretanto, o corpo de um homem, todo contorcido, jazia no chão. Aproximaram-se na ponta dos pés e o viraram. Era Edward Hyde, com roupas grandes demais para ele, do tamanho das do doutor Jekyll. Os músculos de seu rosto tremiam, mas a vida já o havia abandonado. O frasco apertado em sua mão e o forte cheiro de remédio no ar indicavam que ele tinha se suicidado.

– Chegamos tarde demais – lamentou Utterson. – Agora, só nos resta encontrar o corpo de seu patrão.

Procuraram no laboratório e em seus aposentos contíguos, mas não encontraram vestígio algum do médico, vivo ou morto.

Numa mesa, viram indícios de experiências químicas: vários montinhos de um pó branco repousavam sobre lâminas de vidro.

– É a tal droga – disse o mordomo.

Continuaram a revista e, ao passar diante do espelho, viram refletir o brilho das chamas e a palidez no semblante de ambos.

– Este espelho viu muita coisa estranha – murmurou o criado.

– O próprio espelho é muito estranho – observou o advogado. – Por que Jekyll o queria aqui?

Foram examinar a escrivaninha. Entre os papéis bem organizados, acharam um grande envelope com o nome de Utterson, escrito com a letra do médico. O advogado o abriu e deparou com vários documentos. O primeiro era um novo testamento, redigido nos mesmos termos do anterior, mas com uma grande diferença: em caso de sua morte ou seu desaparecimento, o doutor Jekyll já não deixava todos os seus bens para Edward Hyde, mas para o senhor Utterson.

– Não consigo entender – disse o advogado, com visível espanto. – Por que Hyde não destruiu esse documento?

Pegou outro papel: era um bilhete do médico, com a data daquele dia.

– Hoje ele ainda estava vivo!

– Por que não lê de uma vez, senhor? – perguntou o mordomo.

– Estou com medo – respondeu o advogado. – Tomara Deus que eu não tenha motivo. – E, finalmente, entregou-se à leitura:

Meu caro Utterson,

Quando este bilhete chegar a suas mãos, terei desaparecido em circunstâncias que não posso prever. Mas tenho o pressentimento de que meu fim está próximo. Leia primeiro a carta de Lanyon, que, ele me garantiu, seria entregue a você. Depois, se quiser saber mais, leia a confissão de seu infeliz amigo,

Henry Jekyll

O terceiro documento era um maço considerável com vários lacres, que Utterson colocou no bolso.

– Não vamos falar sobre isso a ninguém – disse ao mordomo. – Se seu patrão fugiu ou está morto, podemos ao menos salvar a sua reputação. São dez horas. Vou embora e ler tudo com calma. Volto antes da meia-noite e, então, chamaremos a polícia.

O advogado foi para sua casa ler os papéis que desvendariam o mistério. Seguiu a recomendação de Jekyll e começou pela carta de Lanyon, que tempos antes havia guardado em seu cofre.

A narrativa de Lanyon

"Recebi há poucos dias, pelo correio, um envelope remetido por meu colega Henry Jekyll. Fiquei surpreso, porque na véspera havíamos jantado juntos e conversado muito. O teor da carta só aumentou o meu espanto:

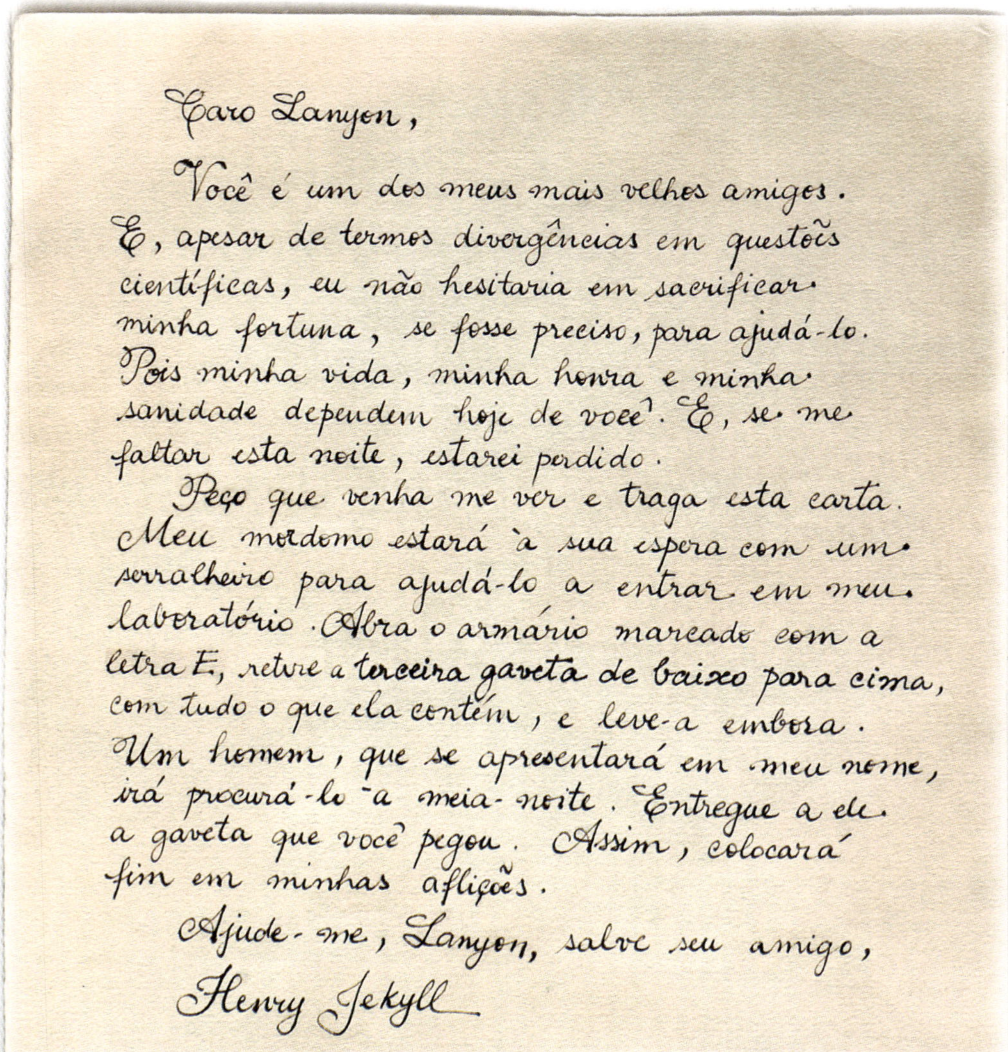

Caro Lanyon,

Você é um dos meus mais velhos amigos. E, apesar de termos divergências em questões científicas, eu não hesitaria em sacrificar minha fortuna, se fosse preciso, para ajudá-lo. Pois minha vida, minha honra e minha sanidade dependem hoje de você. E, se me faltar esta noite, estarei perdido.

Peço que venha me ver e traga esta carta. Meu mordomo estará à sua espera com um serralheiro para ajudá-lo a entrar em meu laboratório. Abra o armário marcado com a letra E, retire a terceira gaveta de baixo para cima, com tudo o que ela contém, e leve-a embora. Um homem, que se apresentará em meu nome, irá procurá-lo à meia-noite. Entregue a ele a gaveta que você pegou. Assim, colocará fim em minhas aflições.

Ajude-me, Lanyon, salve seu amigo,

Henry Jekyll

"Depois de ler essas instruções, concluí que meu colega tinha enlouquecido. Mas precisava atender seu pedido. Fui até sua casa. O mordomo me esperava. Arrombamos o laboratório e retirei a gaveta indicada. Já de volta, passei a examinar o seu conteúdo.

"Havia muitos pacotinhos de um pó branco, um frasco com um líquido vermelho-sangue que exalava um cheiro acre e um caderno cheio de datas, que perfaziam vários anos e registravam uma série de experiências. Em algumas datas, estava escrito *duplo*; em outras, *fracasso total*. Eu não entendia como aquilo poderia afetar a honra e a sanidade de meu amigo.

"Quando as doze badaladas da meia-noite soaram, ouvi uma leve batida na porta. Abri-a e dei com um homenzinho.

"– O senhor veio da parte do doutor Jekyll? – perguntei.

"Ele confirmou com um gesto. Olhou ansiosamente para a escuridão às suas costas e, vendo um policial por perto, apressou-se em entrar. Levei-o ao meu consultório, onde pude vê-lo no claro. Era um homem baixinho e vestia umas roupas grandes demais, o que lhe dava uma aparência grotesca. Sua expressão tinha algo de anormal e revoltante, e ele se mostrava muito agitado.

"– Onde está a gaveta? – perguntou, agarrando-me o braço de um jeito que me fez gelar.

"– Ali está – apontei para o chão, atrás da mesa.

"Seus dentes rangiam e seu rosto estava medonho. Aflito, ele correu em direção à gaveta, mas deu um suspiro de alívio e se acalmou ao ver o conteúdo.

"– O senhor tem um medidor? – perguntou-me.

"Dei-lhe o que pedia. Ele se pôs a medir algumas gotas daquele líquido vermelho e depois adicionou um dos pós brancos. A mistura, a princípio rosada, começou a borbulhar e a emanar vapor. Quando cessou sua efervescência, tornou-se púrpura e, em seguida, mudou para um verde desbotado.

"– Você pode me deixar ir embora sem esclarecer nada – disse ele. – Ou pode conhecer um novo caminho para chegar ao poder e à fama.

"– Não acredito no que diz – respondi, tentando demonstrar calma. – Mas, já que está aqui, vamos até o fim!

"– Muito bem – replicou o visitante. – Só exijo que guarde segredo, próprio da nossa profissão. Você sempre esteve preso a teorias atrasadas... Agora, veja!

"Levou o frasco aos lábios e bebeu tudo de um só trago. Soltou um grito; estremeceu, cambaleou, agarrou-se na mesa, os olhos injetados, ofegando. Então, deu-se a transformação: seu corpo aumentou de volume, seu rosto escureceu de repente, suas feições se desfizeram e se alternaram várias vezes.

"Dei um salto e recuei até a parede, tomado de pavor.

"– Meu Deus! – gritei. – Meu Deus!

"Diante de mim, lívido, trêmulo, meio zonzo, a tatear o espaço à sua frente, como quem acaba de voltar do mundo dos mortos, estava Henry Jekyll!

“Não consigo escrever o que ele me contou depois. O que vi e ouvi naquela noite abalou completamente minha vida. O sono me deixou, e o terror me persegue o tempo todo, dia e noite. Sinto que estou com os dias contados e morrerei sem acreditar no que testemunhei.

“Só tenho uma coisa a dizer: a criatura que veio até minha casa, aquela noite, segundo a própria explicação de Jekyll, era conhecida pelo nome de Hyde, sendo caçada em todos os cantos da Terra como o assassino do senhor Carew.”

O relato completo de Jekyll

Depois de ler a carta do doutor Lanyon, o advogado abriu o envelope todo lacrado com a confissão de Henry Jekyll e procedeu à sua leitura:

"Sou bem-nascido, herdeiro de uma grande fortuna. Afeito, por natureza, ao trabalho, sempre desejei o respeito das pessoas e contei com todas as garantias para ter um futuro honrado. Meu pior defeito era a busca impaciente pelo prazer, inconciliável com a minha posição de homem sério, o que acabou por me levar a uma vida dupla.

"Minhas duas personalidades, a boa e a má, eram igualmente fortes e sinceras. Eu apreciava tanto mergulhar na vergonha, quanto, na condição de médico, trabalhar pelo progresso da ciência e para aliviar a dor e o sofrimento de meus pacientes. A cada dia, convencia-me de que essa dualidade existia em todo homem, não apenas em mim.

"A maldição da humanidade era, portanto, o fato de essas forças contraditórias viverem associadas, lutando em nossa consciência. Com o tempo, passei a considerar a possibilidade de separá-las. Cada uma das identidades seguiria seu caminho: uma, o da decência; a outra, o do prazer – e, assim, a vida seria muito melhor.

“Comecei a fazer estudos e experiências científicas e descobri que esse milagre era possível. Hesitei um tempo em colocar a teoria em prática, pois eu a testaria em mim mesmo e tinha total consciência de que corria o risco de morrer se errasse a dose. Mas a tentação superou o medo.

“Fazia tempo que eu já havia preparado a poção. Comprei, então, uma grande quantidade de um determinado sal que, depois de vários testes, eu sabia ser o último ingrediente que faltava. E, numa noite maldita, misturei os elementos e esperei ferver num tubo de ensaio.

“Quando a ebulição cessou, enchi-me de coragem e bebi toda a poção de uma vez. Senti, em seguida, dores terríveis: parecia que meus ossos estavam sendo triturados, uma náusea intensa me revirava e experimentei o pavor mental de quem passa pelo nascimento ou pela morte.

“Depois dessa agonia, senti-me mais jovem, mais leve e também mais malvado, dez vezes mais malvado. Estendi as mãos, exultando com essas sensações, quando então notei que havia diminuído de estatura.

“Todos em minha casa dormiam, mas a madrugada avançava, e não tardaria para a manhã raiar. Eufórico pelo triunfo, resolvi correr o risco e atravessar o pátio, nessa nova forma, para me ver no espelho de meu quarto, espelho que eu trouxe mais tarde para o laboratório por causa dessas transformações. Foi aí que vi, pela primeira vez, Edward Hyde, o meu duplo.

“Esse lado mau de minha natureza era menos robusto e menos desenvolvido que o bom, certamente porque não tinha sido tão exercitado quanto o outro. Daí a razão de Hyde ser mais baixo, mais magro e mais jovem que Jekyll.

“Assim como a bondade resplandecia na face de um, a maldade estava escrita na cara do outro, deixando-lhe a marca da deformidade e da decadência. Mas não senti repugnância por aquela criatura horrenda. Ao contrário, acolhi-a, porque também era eu.

“Não me demorei diante do espelho. Precisava realizar logo

a segunda e última parte da experiência e descobrir se eu havia perdido ou não completamente minha primeira identidade. Retornei ao laboratório, preparei outra poção e tomei-a, suportando as mesmas dores de antes. E, então, voltei à minha aparência habitual, de Henry Jekyll. Agora eu tinha duas personalidades distintas: uma totalmente má, própria de um monstro; outra, a do médico, invariavelmente boa.

"Como bastava beber a poção para me transformar em Edward Hyde, não resisti à tentação de me entregar ao prazer. No entanto, era preciso tomar o máximo de cuidado. Assim, aluguei e mobiliei para ele uma casa no Soho, onde depois a polícia foi procurá-lo, e contratei uma mulher vil e de poucas palavras para cuidar dela.

"Avisei também meus empregados de que o senhor Hyde tinha permissão para entrar e sair de minha casa. E, a fim de evitar complicações, eu mesmo vim visitar-me com minha segunda identidade. Depois, redigi aquele testamento que você, Utterson, tanto desaprovou, para que, se algo acontecesse a mim, na pele de Henry Jekyll, eu pudesse herdar a minha fortuna como Edward Hyde.

"Nas mãos de meu duplo, os prazeres do médico, já indignos, tornaram-se monstruosos. Às vezes, quando ele voltava de suas escapadas, eu me apavorava com a sua depravação. Apesar de Hyde ser o único culpado por seus atos, Jekyll tentava desfazer o mal cometido pelo outro, para manter a consciência tranquila.

“Mas um acidente mostrou que o castigo estava a caminho. Ele pisoteou com crueldade uma menina na rua e fugiu sem olhar para trás, o que despertou a revolta de um passante, que reconheci outro dia, quando você apareceu sob minha janela: era aquele seu parente. Hyde foi obrigado, então, a pagar uma indenização com um cheque de Henry Jekyll.

“Posteriormente, eliminei esse perigo, abrindo uma conta, em outro banco, em nome dele. Apenas inclinei minha letra para fazer a sua assinatura, pensando que assim não corria riscos.

“Dois meses antes do assassinato do senhor Carew, saí para uma de minhas noitadas e, no dia seguinte, despertei sobressaltado, sentindo-me anormal.

“À luz amarelada da manhã londrina, vi sobre o lençol uma mão peluda, cheia de nós. Saltei da cama, horrorizado, e corri para o espelho. Diante da imagem refletida, tive um calafrio. Eu tinha ido dormir como Henry Jekyll e havia acordado como Edward Hyde. Como explicar isso? E como sair daquela situação?

“Corri para o laboratório, onde estavam todas as minhas drogas. No caminho, dei com um de meus empregados, que estranhou ver o senhor Hyde àquela hora, vestido com roupas enormes. Preparei logo a poção e, em dez minutos, voltava a ser eu mesmo, e sentei-me à mesa do café da manhã.

"Refleti seriamente sobre minha dupla existência. Ao libertar minha outra personalidade, acabei fazendo com que ela se exercitasse dia após dia e ficasse cada vez mais forte em mim. Temi que meu equilíbrio pudesse ser afetado para sempre e, talvez, chegasse o tempo em que não poderia mais me transformar quando desejasse. Talvez acabasse sendo Edward Hyde unicamente e para sempre.

"Lembrei que a droga, vez por outra, não produzia o efeito esperado. Em mais de uma oportunidade, tive de dobrar a dose, perigosamente, e até triplicar. Depois daquele incidente, concluí que se, no começo, era difícil perder o corpo de Jekyll, agora o problema era me livrar de Hyde. Perdia, aos poucos, o controle de meu eu original, incorporando o segundo, o pior.

"Precisava escolher entre os dois. Meu dilema era tão velho quanto a própria humanidade, e, como acontece com a maioria das pessoas, optei pela minha parte melhor. Mas não tive forças para conservá-la. Sim, preferi o médico descontente, rodeado de amigos e cheio de honestas esperanças, e disse adeus à liberdade, à juventude, aos prazeres secretos que desfrutava disfarçado de Hyde.

"Só que fiz essa escolha talvez com alguma dúvida inconsciente, pois mantive a casa do Soho e não destruí as roupas de meu duplo. Durante dois meses, fui fiel à minha resolução. No entanto, voltei a ser torturado pelo desejo, como se Hyde lutasse para se libertar.

"Por fim, num momento de fraqueza, preparei e bebi a poção transformadora. Instantaneamente, o demônio que havia ficado preso por muito tempo saltou de mim, e fui tomado por uma fúria incontrolável.

"Nessa noite, cruzei com um homem que parou para me cumprimentar e, sem motivo, pus-me a espancá-lo, saboreando cada golpe, num arrebatamento de alegria. Só quando me cansei, no auge do delírio, é que senti um arrepio de terror. A névoa se dissipou e, então, corri à casa do Soho e destruí todos os papéis que pudessem me comprometer.

"Depois, saí pelas ruas, orgulhoso do meu crime e planejando outros. Ainda como Hyde, eu cantarolava, enquanto preparava a poção e, ao tomá-la, ergui um brinde para a vítima. As dores da transformação ainda não haviam passado quando, de volta ao corpo de Jekyll, caí de joelhos, arrependido.

"Decidi que meu duplo não ia mais existir; dali em diante, eu só viveria com a minha melhor parte. Assim, fechei aquela porta pela qual o monstro entrava e saía tantas vezes de mim e destruí a chave.

"No dia seguinte, eu soube que havia uma testemunha do crime, que Edward Hyde tinha sido identificado como o assassino e que a vítima era o senhor Carew, um político bastante estimado. Se meu outro eu aparecesse em público, seria agarrado. Mas, sob a personalidade do doutor Jekyll, estava seguro.

"Procurei me redimir, e você mesmo viu, nos últimos meses, como me dediquei aos doentes, vivendo meus dias tranquilamente. Porém, eu permanecia preso à maldição da dualidade. Meu lado vil desejava tanto ressuscitar que acabou por consegui-lo.

"Era um belo dia de janeiro; sentei-me no banco de um parque e, refletindo sobre minha vida, julgava-me o melhor dos homens, quando fui tomado por uma náusea horrível, seguida de um violento tremor. Depois, senti-me fraco e, logo que a fraqueza passou, percebi uma mudança em meu modo de pensar: eu estava agora mais ousado e desprezava o perigo.

"Notei, então, que minhas roupas haviam se tornado enormes, e meu corpo tinha encolhido. A mão, sobre meu joelho, era grossa e peluda. Eu era, novamente, Edward Hyde. Num minuto, deixei de ser um homem rico e querido e me transformei num criminoso procurado, a caminho da forca.

"Minha razão hesitou, mas não me abandonou inteiramente. Eu precisava voltar a ser Jekyll. Para isso, tinha de pegar as drogas no laboratório, cuja porta eu havia trancado e não tinha mais a chave. Se tentasse entrar em casa pela frente, com a aparência de Hyde, meus próprios empregados me denunciariam.

"Necessitava de um intermediário e pensei em Lanyon. Porém, como uma criatura repugnante iria convencê-lo a assaltar o labora-

tório de seu amigo, o doutor Jekyll? Por sorte, restava ainda uma parte de meu caráter original, o que me permitiria escrever a ele de próprio punho.

"Refugiei-me, então, num hotel da cidade. Hyde estava dominado por uma raiva incontida e pronto para matar. Contudo, controlou a fúria com muita força de vontade e escreveu duas cartas: uma para Lanyon, outra para o mordomo. Depois, passou o dia inteiro no quarto, junto à lareira, roendo as unhas. Ali também jantou, sozinho, com seus receios.

"A noite estava escura. Hyde saiu num cabriolé fechado, a percorrer as ruas da cidade. Aquele filho do inferno nada tinha de humano; nele, só havia medo e ódio. Por fim, notando que o cocheiro começava a suspeitar de algo, dispensou a condução e aventurou-se a andar a pé, em meio aos passantes noturnos, com aquelas roupas enormes.

"Caminhava rápido, perseguido por seus temores, falando sozinho, esgueirando-se pelas ruas menos movimentadas, a contar os minutos que o separavam da meia-noite, quando iria à casa de Lanyon e beberia a poção.

"Voltei a ser Jekyll, diante do nosso velho amigo; o horror que lhe causei, e do qual ele não mais se recuperou, também afetou-me de alguma maneira. Uma mudança se deu em mim: eu já não temia mais a forca; o que me torturava era o pavor de ser Hyde. Fui para casa e caí em sono profundo.

"Na manhã seguinte, após o café da manhã, fui acometido daquelas sensações que anunciavam a transformação. Corri ao laboratório e, para que o monstro não se apossasse de mim, tomei uma dose dupla. Horas mais tarde, as dores retornaram, e outra vez tive de ingerir a poção.

"A partir daí, só com grande esforço e sob o efeito imediato da droga eu conseguia assumir as feições de Jekyll. Mas, a qualquer momento, do dia ou da noite, podia repentinamente me transformar em Hyde.

"Se dormia ou cochilava na poltrona, era sempre na pele de

O médico e o monstro

Robert Louis Stevenson

adaptação de João Anzanello Carrascoza

ilustrações de Alice Reiko Haga

O denso nevoeiro londrino esconde um mistério. O diabólico senhor Hyde é capaz de tudo para satisfazer seus impulsos. Na mesma cidade, vive o doutor Henry Jekyll, um respeitado médico disposto a aliviar a dor e o sofrimento de seus pacientes. A estranha relação entre essas personalidades tão diferentes inquieta o senhor Utterson, que não descansará enquanto não descobrir a razão da ligação entre o médico e o monstro.

REENCONTRO INFANTIL

editora scipione

O cenário da história

1. O autor descreve a paisagem londrina em frases como: "o denso nevoeiro encobria a lua", "a neblina começou a se dissolver", "a noite estava fria demais e escura", "o vento forte vergava as árvores". Você acha que os elementos citados nessa descrição (noite, neblina, nevoeiro, vento, escuridão) ajudam a criar um clima de mistério na história? Por quê?

____

____

____

____

____

____

2. A história que você leu se passa no fim do século XIX. Responda às questões abaixo para se localizar no tempo.

a) O que é um século?

____

b) Em que ano o século XIX começou e terminou?

____

c) Em que século estamos?

____

Os personagens

1 Você se lembra de todos os personagens da história? Identifique-os neste nebuloso diagrama.

C	S	R	H	Y	L	E	P	E	S	D	G	A	M	Z	U	C	F
O	Ç	W	E	D	W	A	R	D	H	Y	D	E	L	Ç	M	Ç	P
K	U	V	N	F	E	R	G	T	P	W	N	D	C	O	X	W	O
Q	C	G	R	Q	H	U	Y	G	C	K	L	E	R	G	O	C	B
J	H	O	Y	J	S	T	A	L	A	N	Y	O	N	E	A	A	I
H	E	Y	J	W	E	N	R	I	U	T	S	O	M	Y	E	R	E
X	V	M	E	R	J	P	R	E	G	Y	E	U	N	Y	O	E	O
H	U	R	K	H	K	L	Ç	F	U	D	I	R	G	B	M	W	X
C	T	C	Y	W	V	U	T	T	E	R	S	O	N	U	T	M	N
V	R	A	L	V	S	T	S	Y	S	M	U	X	D	R	G	O	A
K	N	A	L	R	I	C	A	I	T	O	D	J	P	M	N	G	U
R	E	I	N	A	Y	D	R	H	I	A	S	I	L	U	J	B	P
E	R	I	C	H	A	R	D	E	N	F	I	E	L	D	U	I	F

Agora, complete o texto com os nomes que você encontrou.

_______________ é um médico respeitado que vive um grande conflito. Seu advogado e amigo, _______________, após uma conversa com seu primo, _______________, fica muito preocupado com a relação entre seu cliente e o senhor _______________, um homem extremamente violento.
O assassinato do senhor _______________, um eminente político, por _______________, deixa _______________ ainda mais temeroso. Acreditando que o doutor _______________ corre perigo, _______________ pede ajuda a seu auxiliar, o senhor _______________, estudioso de grafologia.
Uma visita feita por _______________ ao doutor _______________ deixa claro que ele conhece a estranha relação entre o médico e o monstro. Mas, infelizmente, a verdade só se revelará após a morte do doutor _______________ e do senhor _______________.

2 Qual personagem da história você achou mais interessante? Por quê? Faça essas mesmas perguntas a dois colegas e complete a tabela abaixo.

Nome do aluno	Qual é o personagem mais interessante?	Por quê?

3 Você deve lembrar que o doutor Lanyon, antes de morrer, deixou um envelope confidencial para Utterson. Lanyon queria que o envelope só fosse aberto após a morte ou o desaparecimento do doutor Jekyll. Embora curioso para desvendar o mistério, Utterson respeitou o último desejo de Lanyon e guardou o envelope no cofre.

Você acha que ele agiu corretamente? Justifique sua resposta.

Compreendendo o médico e o monstro

1 Muitos mistérios envolvem a relação entre Henry Jekyll e Edward Hyde. Responda às questões abaixo e desvende esse mistério se for capaz!

a) O que Jekyll buscava em suas experiências científicas?

b) O que representava Hyde para Jekyll? Por que Hyde era mais baixo, mais magro e mais jovem do que ele?

c) Em que momento Jekyll percebeu que perdia o controle sobre sua criação?

____

____

____

____

____

d) No fim da história, vimos que Hyde bebeu uma poção venenosa e morreu. Você acha que sua morte foi um suicídio ou um assassinato cometido pelo doutor Jekyll? Por quê?

____

____

____

____

____

2 Leve o doutor Jekyll e o senhor Hyde diante do espelho, para que eles encarem ao mesmo tempo suas personalidades de médico e de monstro.

Desafio

1 As palavras abaixo estão em *O médico e o monstro*. Use sua criatividade e invente uma pequena história que contenha todas elas.

2 Circule de azul as palavras que pertencem ao mundo de Jekyll e de vermelho as que pertencem ao mundo de Hyde.

DECÊNCIA

AVERSÃO

SERIEDADE

MALDADE

PRAZER

DEVER

DESCONTROLE

CUIDADO

RESPEITO

PERIGO

DIA

CONTROLE

NOITE

BONDADE

MEDICINA

PERVERSIDADE

VIOLÊNCIA

TRABALHO

3 Ao prever sua morte, Jekyll escreve uma confissão revelando sua ligação com Hyde.

Por que também não deixar que o monstro faça sua confissão? Pense nas características do senhor Hyde e escreva um pequeno texto em que ele faça sua revelação.

4 Que tal integrar a personalidade do médico e a do monstro? No espaço abaixo, faça um desenho que una as características de Hyde e as do doutor Jekyll. Use sua criatividade!

5 Em sua confissão, Jekyll escreve: "A cada dia, convencia-me de que essa dualidade existia em todo homem, não apenas em mim".

a) A qual dualidade ele se refere?

____

____

____

b) Você concorda que essa dualidade existe em todo homem?

____

____

O mundo do monstro

Responda às questões abaixo para saber mais sobre o mundo do senhor Hyde.

a) Em que país se localiza a cidade de Londres?

____

b) Qual a língua falada naquele país?

____

c) Qual o significado do verbo *hide* nessa língua? Procure em um dicionário apropriado.

____

____

d) Você acha que o significado da palavra *hide* combina com a personalidade do senhor Hyde? Justifique sua resposta.

____

____

____

Refletindo...

1 Não podemos, como desejou o doutor Jekyll, separar nosso lado bom do mau. O que podemos fazer para conviver de forma equilibrada com essas forças contraditórias?

____

____

____

____

____

____

2 O que aconteceria se pudéssemos liberar o monstro que existe dentro de nós?

3 A droga que Jekyll tomava para transformar-se em Hyde fazia com que ele perdesse completamente o controle sobre suas ações.

Você acha que podemos responsabilizar o doutor Jekyll pelas atrocidades cometidas pelo senhor Hyde? Justifique sua resposta.

meu duplo que eu despertava. O nervosismo e a insônia me enfraqueciam, eu tinha febre constante e sentia-me esgotado física e mentalmente. À medida que os poderes de Jekyll se debilitavam, os de Hyde se fortaleciam.

"Então, meu estoque do sal usado para fazer a poção, que nunca tinha sido renovado desde a primeira experiência, começou a se esgotar. Mandei comprar mais e preparei a fórmula. A ebulição ocorreu normalmente, a primeira mudança de cor também, mas não a segunda.

"Bebi e não fez efeito algum. Ordenei que meu mordomo vasculhasse Londres em busca do pó, mas foi em vão. Agora estou convencido de que meu primeiro estoque não era puro, e que essa impureza desconhecida era essencial para a metamorfose.

"Termino este relato sob a influência do que restou do velho pó. Esta é, portanto, a última vez que Henry Jekyll pode ter seus próprios pensamentos e ver seu rosto, tão tristemente modificado, no espelho. Não posso me demorar muito para concluir. Se as dores começarem e Hyde surgir, ele rasgará em pedacinhos tudo o que escrevi.

"Daqui a meia hora, voltarei a ser para sempre aquela personalidade hedionda, e esta sala será meu último refúgio. Hyde morrerá na forca? Ou encontrará coragem para libertar-se de si mesmo? Quem pode saber? Esta é a verdadeira hora de minha morte, e o que ocorrer em seguida diz respeito a outra pessoa, não a mim. Aqui abandono a pena e selo a minha confissão. Dou fim à vida do infeliz Henry Jekyll."

Quem foi Robert Louis Stevenson?

Robert Louis Stevenson nasceu em Edimburgo, na Escócia, em 1850. De saúde frágil, sofria de tuberculose, doença que o perseguiu até o fim da vida. Diplomou-se em direito, mas nunca exerceu a profissão de advogado, ao contrário do senhor Utterson, personagem desta história arrepiante que você acabou de ler.

Stevenson tornou-se escritor depois de viajar pela Europa e América. Escreveu vários livros e ganhou bastante notoriedade, principalmente com *A Ilha do Tesouro*, obra que renovou o romance de aventura, e também com esta perturbadora narrativa sobre as forças do bem e do mal, presentes na natureza humana.

Em busca de um clima favorável à sua saúde, e movido pelo espírito aventureiro, partiu em cruzeiro com a família para os Mares do Sul, estabelecendo-se em Samoa, onde morreu em 1894.

Quem é João Anzanello Carrascoza?

João Anzanello Carrascoza nasceu em Cravinhos, interior de São Paulo, em 1962. Adorava ouvir histórias e, desde que aprendeu a ler, apaixonou-se por novelas como *O médico e o monstro*, que, depois, recontava para os amigos.

Mudou-se para São Paulo, onde se formou em comunicação social e começou a criar suas próprias histórias, transformando-se, aos poucos, num escritor. Descobriu que, por meio da literatura, podia despertar o lado emotivo das pessoas, adormecido pela indiferença. É o que vem procurando fazer com seus livros. E sente-se duplamente feliz quando a emoção que teve ao escrever uma história é experimentada também pelo leitor.

Para a Editora Scipione, João escreveu *De papo com a noite* (Biblioteca Marcha Criança) e *Histórias para sonhar acordado* (Diálogo Jr.), além de adaptar *A Ilha do Tesouro* para a Reencontro Infantil.